Friedrich Höring

Das Auge: Das sehen und die Erhaltung des Auges

Antigonos

Friedrich Höring

Das Auge: Das sehen und die Erhaltung des Auges

Unveränderter Nachdruck der Originalausgabe von 1867.

1. Auflage 2024 | ISBN: 978-3-38613-671-6

Antigonos Verlag ist ein Imprint der Outlook Verlagsgesellschaft mbH.

Verlag: Outlook Verlag GmbH, Zeilweg 44, 60439 Frankfurt, Deutschland, info@outlook-verlag.de
Vertretungsberechtigt: E. Roepke, Zeilweg 44, 60439 Frankfurt, Deutschland
Druck: Libri Plureos GmbH, Friedensallee 273, 22763 Hamburg, Deutschland

Vorwort.

Wenn ich die nachfolgenden drei Vorträge, die im Laufe des verflossenen Winters im hiesigen Museum gehalten wurden, der Oeffentlichkeit übergebe, so geschieht dieß nicht in der Absicht, meinen Fachgenossen Neues zu bieten, sondern nur um manche irrige Ansichten, die, selbst beim gebildeten Laien-Publikum, noch über das Sehen und die Behandlung des Auges verbreitet sind, zu berichtigen, und in allgemein faßlicher Weise die wissenschaftlich wahren Anhaltspunkte zu Erhaltung des so ungemein wichtigen Sehorgans zu geben.

Man könnte einwenden, daß derartige populäre Schriften in der Tagesliteratur schon mehrfach existiren, ich gebe dieß zu, und erhebe auch keine Ansprüche auf Priorität, im Gegentheil wurden die vorhandenen populären Schriften von Arlt, Knapp, Manz 2c. benützt, wie auch die Schriften von Donders und ich bin völlig zufrieden gestellt, wenn die Leser aus den folgenden Blättern einigen Nutzen für die Erhaltung ihrer Augen ziehen, und Eltern und Lehrer das Schriftchen benützen, um die Augen der ihnen anvertrauten Kinder so weit, als bei den an sie nothwendig zu stellenden Forderungen möglich ist, zu schonen und zu erhalten.

Der Erlös aus der Schrift ist für den Verein zur Aufnahme armer, insbesondere verschämt armer Augenkranker in die hiesige Augenheilanstalt bestimmt.

Ludwigsburg im April 1867.

Der Verfasser.

Erster Vortrag.

Der Bau des menschlichen Auges und die Erklärung des Sehakts. Geschichtliches über die frühern Erklärungen des Sehens.

Wir Alle wissen, wie wichtig es ist, ein gutes Auge zu haben, und, wie immer in der Welt, gerade Diejenigen, die es besitzen, sind oft am wenigsten dankbar für dieses herrliche Gut, das schon Plato das edelste Geschenk der Götter genannt hat und dessen Verlust den alten Tobias zu dem Ausruf bewog: „Ach Herr, erzeige mir die Gnade und nimm meinen Geist weg in Frieden, denn ich will lieber todt sein, als leben." Wir sind uns Alle klar darüber, daß wir durch den Verlust unseres Sehvermögens nicht allein der höchsten Genüsse dieses Lebens beraubt, sondern auch, was noch viel schlimmer ist, daß wir schwer oder gar nicht mehr im Stande sind, unsern Beruf zu erfüllen und damit unnütze Glieder der Gesellschaft werden, die mehr oder weniger Andern zur Last fallen. Es ist wirklich nicht recht zu begreifen, wie man sich darüber streiten kann, wer mehr zu beklagen seie, der Blinde oder der Taube. Abgesehen davon, daß der Blinde seine ganze Selbstständigkeit verliert, daß er nicht 10 Schritte machen kann, ohne sein Leben in Gefahr zu setzen, ist doch das Reich dessen, was wir mit dem Auge erfassen, des Sichtbaren, ein unendlich größeres, als das Reich der Töne, und der Grund, der häufig angegeben wird, daß Taube sich weniger anschließen an ihre Nebenmenschen, als Blinde, ist erstens nicht einmal wahr, wenn man der Sache auf den Grund geht und gäbe, wenn er wahr wäre, nur einen Beweiß weiter, daß der Taube selbstständig bleibt, und der Blinde nicht. Jedenfalls bleiben dem Tauben, dem allerdings, wenn er so geboren ist, die Sprache fehlt, weit mehr Mittel, seine geistigen Anlagen zu entwickeln, als dem Blinden. Wenn man hiegegen einwendet, daß trotzdem durchschnittlich die Blinden geistig entwickelter sind als die Tauben, so rührt dieß einfach davon her, daß Taubheit viel häufiger angeboren ist, als Blindheit. Trotzdem vergessen die meisten Menschen täglich und stündlich die Wichtigkeit des Auges und mißachten Alles, was zur Erhaltung desselben beiträgt, die Eltern bei ihren Kindern, die Lehrer in den Schulen, und die Erwachsenen an sich selbst. Gegen kein Organ wird mehr gesündigt, als gegen das Auge, vielleicht den Magen ausgenommen. Wo dieß mit Bewußtsein geschieht, trägt Jeder die Folgen seiner Handlungsweise, wo Mangel an richtigem Erkennen dessen, was zu Erhaltung des Sehvermögens nöthig ist, besteht, tritt die Belehrung in ihr Recht.

Es ist ein unbestrittenes Verdienst unserer Zeit, daß man sucht, die Errungenschaften derjenigen Wissenschaft, die sich auf unsern Leib, seine Einrichtung und seine richtigen Lebensbedingungen bezieht, in populärer Weise Jedermann zugänglich zu machen. Natürlich ist auch hier dem Korne reichlich Spreu beigemischt, die oft mehr Schaden anrichtet, als die frühere völlige Unkenntniß. Dadurch aber darf man sich nicht abhalten lassen, hierin fortzufahren und schließlich sondert sich doch das Falsche vom Aechten, das Gute vom Schlechten. Nothwendig ist nur, daß bei solchen populären Vorträgen nicht zu Viel geboten wird, nicht Vorkenntnisse vorausgesetzt werden, die nicht vorhanden sein können, oder die man wenigstens nicht zu gleicher Zeit bieten kann.

Zu denjenigen Wissenschaften, die in der letzten Zeit riesenmäßig fortgeschritten sind, gehört die Lehre vom Sehen im gesunden und im kranken Zustande, und es ist gerade diese Wissenschaft von so einschneidend praktischem Interesse, daß, wenn irgendwo das große Publikum auf die Errungenschaften in einem wissenschaftlichen Gebiete ein Anrecht hat, dieß hier der Fall ist. Wenn auch für Vieles in dieser Lehre Vorkenntnisse nöthig sind, die nur Derjenige, der sich mit dieser Wissenschaft befaßt, zu erringen im Stande ist, so sind doch auch viele Kapitel da, die jedem Gebildeten zugänglich gemacht werden können. Die nothwendige Basis natürlich, auf der wir alle *unsere Betrachtungen* begründen müssen, ist die Kenntniß des Organs, deffen Funktionen wir betrachten, deffen richtigen Gebrauch wir hier feststellen wollen.

Ich muß deßhalb allen nachfolgenden Betrachtungen eine kurze Skizze über den Bau des Augs und über die Art des Sehens voranschicken. Ich habe Ihnen, um anschaulicher zu sein, eine schematische Zeichnung des menschlichen Augs (Fig. 1.) entworfen. Die Zeichnung stellt einen Durchschnitt des Augapfels dar. Das Auge ist ungefähr eine Kugel, ein Sphäroid; die vordere Krümmung dieser Kugel ist stärker, als die hintere, in der Augenhöhle gelegene. Zwei Drittel der Kugel liegen in der knöchernen Augenhöhle, umhüllt von den das Auge bewegenden Muskeln, von Fett und Zellgewebe, die so zu sagen das Polster bilden, auf dem das Auge ruht, und bei Gewaltthätigkeiten, die von außen her auf dasselbe wirken, eine wichtige Rolle spielen, den Stiel des Apfels bildet der Sehnerv, der zugleich den Zusammenhang des Augs mit dem Gehirn vermittelt, und wie wir später noch sehen werden, die Gesichtseindrücke zum Gehirn leitet. Er unterscheidet sich in seiner Structur von den übrigen Nerven in nichts und seine becherförmige Ausbreitung im Innern des Augs ist die wichtigste der das Auge zusammensetzenden Häute, die Netzhaut, auf die wir später zurückkommen. Der Apfel selbst nun hat eine dreifache Haut, wenn ich den Ausdruck gebrauchen soll, nur die äußerste dieser Häute aber bildet ein ununterbrochenes Ganzes, es ist dieß die sogenannte Lederhaut (Fig. 1. A. B. C. D.) und die etwa ¹/₆ derselben ausmachende Hornhaut (A. B.). Es tritt hier das eigenthümliche, aber nicht einzige Verhältniß zu Tage, daß eine aus ganz gleichen Elementen bestehende Haut ganz verschieden sich anschaut. Der vordere Theil derselben, die Hornhaut, (A. B.) ist durchsichtiger als Glas, der hintere, die Lederhaut, ist kaum durchscheinend, und doch bieten beide die gleichen Gewebselemente, nur in der durchsichtigen Hornhaut regelmäßiger gelagert. Die Hornhaut, die die Größe des ganzen gefärbten Theils des sichtbaren Augs besitzt, ist in die Lederhaut quasi eingefalzt und kann am besten einem Uhrglas verglichen werden. Diese äußerste Hülle des Augs, die noch mit einer Schleimhaut, der sogenannten Bindehaut, überzogen ist (die übrigens nur die vordere Hälfte des Augapfels und die Lider überzieht) (bis m. n.) ist ziemlich arm an Blutgefäßen und Nerven.

Die zweite, mittlere Hälfte des Augapfels, die Aderhaut (Fig. 1. Ch. Ch.) ist dagegen fast nur aus Blutgefäßen gebildet (woher ihr

Name), die durch ein zwischenliegendes Gewebe mit einander verbunden sind; sie ist zugleich durch Ablagerung von dunklem Farbstoff, je nachdem der Mensch selbst heller oder dunkler pigmentirt ist, die Haut, die dem Licht, außer durch die Hornhaut, den Eintritt in's Auge wehrt. Sie zeigt mehrere verschiedene Abtheilungen, die hinterste, die glatt ausgespannt ist, die mittlere, die faltig verdickt und in schöner strahlenförmiger Anordnung als sogenannter Strahlenkörper (r. s.) bekannt, und die vorderste, die Regenbogenhaut (e. f. g. h.), in deren Mitte ein rundes Loch, die Pupille, ist und die dem Auge die Farbe gibt. Diese Haut besteht aus kreisförmig und strahlenförmig gelagerten Muskeln, die sich zusammenziehen und erweitern, je nach der Intensität der Beleuchtung, der das Auge ausgesetzt ist. Zu den Blutgefäßen, dem sie verbindenden Gewebe und verhältnißmäßig nicht sehr vielen Nerven, die die Aderhaut zusammensetzen, kommen noch in der mittlern und vordern Parthie Muskeln, welche beim Menschen der direkten Einwirkung des Willens entzogen sind.

Die dritte häutige Wand des Augs wird durch die wichtigste, die lichtempfindende Netzhaut (R. R. R.) gebildet; sie ist eigentlich eine schalenförmige Ausbreitung des Sehnerven nach seinem Eintritt in das Auge. Diese Hülle, sehr zart und durchsichtig, ist noch weniger vollständig als die vorige, sie reicht nur bis zu der mittlern Abtheilung nach vorne und enthält außer den eigentlichen Sehnervenfasern noch Blutgefäße und einen höchst merkwürdig gebauten Stäbchenapparat oder Stützapparat.

Nachdem wir so die Häute unseres Apfels betrachtet, müssen wir noch den Inhalt uns etwas näher beschauen. Der innere Raum ist in drei Abtheilungen, sogenannte Kammern geschieden. Die vordere Kammer ist vor der Regenbogenhaut gelegen und mit einer wasserhellen Flüssigkeit gefüllt, in der mittlern Kammer liegt in einem besondern häutigen Säckchen, Kapsel genannt, die Krystalllinse (Fig. 1. l.) ein brennglasähnlicher Körper, dessen verschieden gekrümmte Oberflächen nach vor- und rückwärts gestellt sind und den hintersten der Räume füllt der Glaskörper (v) aus. Es ist dieß eine zitternde, gallertartige, durchsichtige Masse, die nach vorn eine tellerförmige Vertiefung, die sogenannte tellerförmige Grube hat, in die sich die Linse mit ihrer hintern Krümmung einsenkt. Diese sämmtlichen Ausfüllungs-Materien besitzen weder Nerven noch Gefäße.

Wenn wir nun noch in Kürze einen Blick auf die Anordnung

der Nerven und Gefässe des Augs werfen, der beiden Faktoren, die im Körper, wie in jedem einzelnen Organ der Lebensthätigkeit vorstehen, so hat man ein gewisses Recht, das Auge als eines der selbständigsten, mit einem gewissen Eigenleben ausgerüsteten Organe zu betrachten, Mikrokosmos im Makrokosmos.

Es ist ein ganzer Complex von Nerven, der außer dem eigentlichen Sehnerven noch zum Auge geht, besonders für die Bewegung, für die Empfindung, für die Ernährung, noch eigenthümlicher ist der Blutlauf. Die Blutgefäße des Auges sind in drei Systeme geordnet, das Eine gehört der den vordern Theil des Auges überziehenden Bindehaut, das zweite, sehr zahlreich verzweigt, der Aderhaut, und das dritte ganz ausschließlich der Netzhaut, der Haut, die die Lichtempfindung vermittelt. Alle zusammen stammen aus der sogenannten Augschlagader, die ihre übrigen Aeste zum Gehirn schickt, und wodurch ein inniger Zusammenhang zwischen den Erkrankungen des Gehirns und des Auges entsteht.

Noch möchte ich, ehe wir zur Theorie des Sehens übergehen, ein paar Worte über die Lider, die Thränendrüse und die Thränenkanälchen sagen. Die Grundlage der Lider ist knorpelig, jedes Lid hat einen dünnen, scheibenähnlichen, nach der Form des Lids geformten Knorpel, die zum Oeffnen und Schließen nöthigen Muskeln, einen innern Ueberzug von der Bindehaut, und einen äußern von der Haut, Drüsen, Nerven und Gefäße. Die Lider dienen zur Bedeckung und zum Schutz des Auges (oft auch der Gedanken), mancher Lidschlag und manche Lidhebung ist oft beredter, als Worte. Unter dem obern Lid und etwas nach außen liegt die Thränendrüse, ein ominöses Organ, dieses kleine, kaum bohnengroße Drüschen. Wird nur die gewöhnliche Menge Thränen abgesondert, so reichen diese in Verbindung mit der Absonderung der Bindehaut eben hin, das Auge schlüpfrig zu erhalten, sie fließen über die ganze Vorderfläche des Augapfels hin und gehen durch zwei kleine gewundene Kanälchen, die im innern Augenwinkel enden, in den Thränensack und von da in die Nase. Wie ganz anders wird dieß aber, wenn hier moralische Eindrücke wirken, welche Ströme ergießen sich, wenn der Damm einmal durchrissen, und doch ist es unrichtig, daß die Thränendrüsen des schönen Geschlechts größer sind, als die des starken, und doch sind die Krokodils-Thränen chemisch nicht verschieden von allen andern.

Nachdem Sie nun einen, wenn auch nur skizzirten Ueberblick

über das menschliche Auge gewonnen haben, wollen wir uns einmal klar zu machen suchen, was beim Sehen vorgeht.

Wenn Sie auf einem Spaziergange Ihren Freund auf eine schöne Landschaft aufmerksam machen und Sie diese dann zusammen betrachten und sich ihrer freuen, so finden Sie es ganz selbstverständlich, daß Sie die Landschaft so wie sie Ihnen erscheint, in der Entfernung, die Sie zu taxiren gewöhnt sind, sehen, und Sie denken nicht daran, daß darüber, wie dieß zugeht, sich die Philosophen aller Jahrhunderte Tage lang das Gehirn zerquält haben. Empedocles, Plato und Aristoteles bis auf Descartes, Kant, Hegel, Herbart, Lotze u. s. w. haben manche Tage in tiefem Nachdenken darüber gesessen, und doch können wir blos uns rühmen, in Vielem klarer zu sehen, in Allem durchaus noch nicht.

Es wird nicht ohne Interesse sein, wenn ich Ihnen die Geschichte der verschiedenen Ansichten, wie sie hinter einander galten, kurz darlege. Selbstverständlich kann ich dieß hier nur den Hauptzügen nach thun, denn längere Theorien wiederzugeben, würde unserem Zweck keineswegs entsprechen. Es kömmt uns heute komisch vor, daß die alten Griechen sich fragten: „Tritt die Säule, die wir sehen, zu uns heran oder gehen wir zu ihr hin, um sie zu empfinden?" und doch wurde jede dieser Fragen bejaht und verneint. Die Einen sagten, sie tritt zu uns heran, die Andern, wir gehen zu ihr hin, nnd wieder Andere behaupteten, Beides sei der Fall. Democrit und seine Anhänger nahmen einen Lichtstaub an, eine feine Substanz, die sich von den Dingen ablöse, in unser Auge bringe und in ihm zur Empfindung gelange. Andere glaubten, der Lichtstaub entströme dem Auge, betaste die Oberfläche der Dinge, bleibe aber dabei mit dem Auge in Verbindung oder kehre wieder zu ihm zurück und vermittle so das Sehen. Plato sagte, daß nur Gleichartiges auf Gleichartiges wirke, und nahm beßhalb einen Lichtstaub an, der vom Auge, und Einen, der von den Gegenständen ausgehe, und durch die Berührung und Begegnung beider, glaubte er, werde die Gesichtsempfindung vermittelt. Aristoteles widerlegte diese Ansicht scharfsinnig, er sagte, wenn sich ein feiner Stoff von den Dingen oder vom Auge ablöst, so bedürfte er einer gewissen Zeit, um von den Gegenständen zum Auge und umgekehrt zu gelangen; wir schlagen aber die Augen auf und sehen sogleich den fernsten Stern. Auch sagte er, müßten die Dinge, je näher sie dem Auge gebracht werden, um so deutlicher sein, während doch ganz dicht am Auge das Sehen aufhört. Weiter sagte er, wenn unserem Auge Licht entströmte, so müßte es sich selbst sehen, es müßte leuchten, da es ja das Lichtgebende sei. Er hatte aber blos das Verdienst, die Unhaltbarkeit der seitherigen Ansichten nachgewiesen zu haben; was er aber dafür aufstellte, war nicht wesentlich besser. Er nahm einen feinen Stoff an, der sich zwischen den gesehenen Dingen und dem Auge befinde und verschiedene Zustände anzunehmen fähig sei. Im Zustande der Thätigkeit werde dieser Stoff durchsichtig und errege unser Auge als Licht, im Zustande des Leidens wird er nach seiner Ansicht undurchsichtig und erzeugt das Gefühl von Dunkelheit. Von der Mischung beider Zustände suchte der alte griechische Weise die Entstehung der Farben abzuleiten.

Diese gewiß unklare Anschauung erhielt sich durch alle folgenden Jahrhunderte, in denen man sich freilich oft und lange nicht um philosophische Ansichten kümmerte, bis unser großer Landsmann und Naturforscher Keppler im Jahre 1604 (so viel mir bekannt von Prag aus, wo er damals sogenannter kaiserlicher Mathematiker war), die ganze Lehre vom Sehen auf die heute noch geltenden Prinzipien stützte. Er bemächtigte sich einer Erfindung des Neapolitaners Porta, eines Physikers, welcher der damals excessiv betriebenen Magie hart zu Leibe ging. Es war dieß die sogenannte Camera obscura, eine einfache Vorrichtung; — ein Kasten mit inwendig geschwärzten Wänden trägt in der einen Wand eine Convex-Linse, auf der entgegengesetzten Wand eine mattgeschliffene, durchscheinende Glastafel, (Oelpapier). Kehrt man diesen Kasten mit der Linse gegen leuchtende Gegenstände, so sieht man von diesen genaue umgekehrte Bilder auf der matten Glastafel gezeichnet. Keppler sagte nun: unser Auge ist eine Art Camera obscura, ein Gehäuse mit inwendig geschwärzten Wänden, das an einer Stelle eine Linse und gegenüber einen bilbauffangenden Schirm, die Netzhaut, besitzt. Er erklärte nun das Sehen so: er sagte, von den Gegenständen lösen sich Bilder ab, bringen ins Auge und legen sich auf die Netzhaut. Dort werden sie betastet von den Sehnervengeistern, welche diese Empfindung der im Gehirn wohnenden Seele berichten, die dann ein Urtheil darüber fällt, und dieß ist die Vorstellung von dem wahrgenommenen Gegenstand. Die Seele verläßt sich aber auf den Bericht der Sehnervengeister allein nicht, sondern ruft noch andere Zeugen auf und zwar die Geister der Gefühlsnerven, die sie in die Fingerspitzen schickt, um den gesehenen Gegenstand zu betaften. So hat fie dann zwei Zeugen und ift vor Täufchung bewahrt. Sie fehen aus diefer Erklärung, daß Keppler den erften Akt, die Erzeugung der Bilder, fchon ziemlich phyfikalifch erklärte, während er beim zweiten Akt, bei dem der Gefichtsempfindung, fich mit den Nervengeiftern helfen mußte. Wir müffen uns heute noch mit Bezug auf unfere Seele eben fo helfen, wir müffen fie als ein felbftftändiges, in unferer Schädelhöhle refidirendes Wefen anfehen, welches beobachtet, urtheilt und Befehle gibt. Denn, wie fie ift, wo fie ift, wie fie es macht, um fortwährend, wenn ich den Vergleich brauchen darf, die Depefchen zu lefen, die ihr auf 1000 Dräthen von außen und von allen Regionen des Körpers, in dem fie refidirt, zugehen, darüber find wir heute noch unklar, und wenn der Materia= lift uns fagt, es fei das Wort „Seele" nur ein Auskunftsmittel, um unfere mangelnden Kenntniffe über die Vorgänge in unferem Gehirn zu bemänteln, fo förbert uns dieß kein Haar weiter.

Doch wir kehren zu unferer Materie zurück. Keppler felbft fchon ftellt fich die Frage: Wie kommt es, daß, während die Netzhautbilder umgekehrt ftehen, wie die betreffenden Gegenftände, uns doch die Dinge aufrecht, die Welt in ihrer natürlichen Stellung erfcheinen? Er hilft fich mit einer Spitzfindigkeit und fagt: Der Licht entfendende Gegenftand ift das Thätige beim Sehakt, die Bildaufnahme von Seiten der Netzhaut das Leidende. Thätigkeit und Leiden find ent= gegengefetzte Zuftände, alfo müffen auch Bild und Gegenftand einander entgegengefetzt fein. Zu folchen falfchen Theorien kann felbft die größten Männer die bloße philofophifche Spekulation führen.

Erft 1709 gab Berkeley, ein Engländer, eine vernünftige Er= klärung über die Richtung des Sehens. Er fagte: Das Erfte, was das Kind wahrnimmt, find die Bewegungen feiner eigenen Hand und diefer Bewegungen wird es fich durch ein eigenes Gefühl, dem man in neuefter Zeit den Namen Muskelgefühl gegeben hat, bewußt. Von der Handbewegung, die das Kind betrachtet, entfteht nun im Auge ein Bild, das in der Richtung, in der eben die Bewegung gefchieht, über die Netzhaut wandert, und von den in der entfpre= chenden Netzhautparthie gelegenen Nervenfafern als Bild empfunden wird. Nun wird die Gefichtsempfindung auf den durch den Muskelfinn fchon zum Bewußtfein gekommenen Gegenftand bezogen und auch im Raum an diefelbe Stelle gefetzt. Wie dies nun für die Hand gefchieht, gefchieht es allmälig für Alles, was uns im Raum umgibt, auch.

außer unserem Körper, und es ist so der oft gebrauchte Ausdruck, das Kind sieht mit den Händen, insofern richtig, als dies wirklich geschieht, um die Seele in ihrem Urtheil über die Gesichtsempfin= dungen zu orientiren. Der Gefühlssinn ist in dieser Beziehung Lehr= meister des Gesichtssinns und durch Erziehung bildet sich letzterer Sinn allmälig so aus, daß er augenblicklich Lage, Form und Richtung der Dinge bestimmt, ohne sich im Geringsten der vielen Einzelnheiten, aus denen der Sehakt besteht, bewußt zu sein.

Wenn ich zum Schluß nochmals ganz kurz zusammenfasse, wie in unserem Auge die Bilder von der Außenwelt entstehen, so gehen von jedem einzelnen Punkte eines für uns sichtbaren Objekts diver= girende Lichtstrahlen nach dem Auge hin, werden dort, wenn die Ent= fernung die richtige ist, beziehungsweise das Auge dafür eingestellt ist, durch den Brechungs=Apparat, der aus dem sämmtlichen Inhalt des Auges besteht, die Hornhaut mit eingerechnet, wieder zu einem scharfen Bilde vereinigt, das auf der Netzhaut entsteht, ähnlich wie in der Camera obscura auf dem matten Glase; der Sehnerv leitet das Bild zum Gehirn und so kommt es zum Bewußtsein, nachdem uns unbewußt die verschiedenen schon erörterten Zwischenakte, wie die Aufrechtstellung des verkehrten Bilds ꝛc. stattgefunden haben.

Zweiter Vortrag.

Begriff der Normalsichtigkeit, Kurzsichtigkeit und Weitsichtig= keit, Fernpunkt, Nahpunkt. Behandlung des Auges bei Neugebornen. Eitrige Augenentzündung der Neugeborenen. Schielen.

Verehrte Versammlung!

Nachdem wir die Einrichtung des menschlichen Auges und die Vorgänge beim Sehen kurz betrachtet haben, wollen wir den Begriff eines normalsichtigen, eines kurzsichtigen und fernsichtigen Auges fest=

stellen und hieran einige Regeln über die Behandlung des Auges knüpfen.

Sie müssen mir gestatten, zuvor noch einige für unsere heutigen Betrachtungen nöthigen Begriffe zu erörtern, da ich mich ohne diese nur schwer verständlich machen könnte.

Wir müssen zunächst die Bedingungen betrachten, welche zum Zustandekommen scharf begrenzter Bilder auf der Netzhaut erforderlich sind.

Wir denken uns, jeder leuchtende oder beleuchtete Körper sei aus einer Anzahl von Punkten zusammengesetzt, von denen ein jeder rings umher Lichtstrahlen aussendet in einer Weise, wie wenn Sie sich vom Mittelpunkte einer hohlen Kugel gerade Linien nach ihrer Oberfläche ziehen würden. Nehmen wir, wie in Figur 2, an, das leuchtende oder beleuchtete Objekt sei eine kreisrunde Scheibe und betrachten wir etwa nur die Endpunkte A und B. Von dem Punkte A gelangt ein Strahlenbüschel oder Kegel auf die Hornhaut. Die auf den Rand der Hornhaut auffallenden Strahlen bringen nicht in's Auge bis zur Netzhaut, sondern werden von der Regenbogenhaut aufgefangen und größtentheils zurückgeworfen. Nur die auf die Pupille (Oeffnung) gelangenden Strahlen (e f) bringen in die Tiefe des Auges, werden aber beim Durchgang durch Hornhaut, Kammerwasser und Linse in ihrer Richtung verändert, gebrochen, so daß sie endlich im Glaskörper nach einer Richtung zusammenlaufen, convergiren, und wenn das Auge richtig eingestellt ist, in Einem Punkte (a) auf der Netzhaut auffallen. Was von den von A ausgehenden Strahlen gilt, gilt auch von den von B ausgehenden, und es werden in dieser Weise alle von A und B ausgehenden Strahlen auf der Netzhaut durch Punkte zwischen a und b vertreten, und zwar immer so, was von uns rechts liegt, liegt links, und was oben, unten u. s. w. Was von einer Scheibe gilt, gilt auch von jedem andern Körper und scharf begrenzte Bilder entstehen also nur, wenn die von einem Punkte des zu sehenden Gegenstandes ausgegangenen Strahlen sich wieder in einen Punkt vereinigen und zwar gerade an der vordern Fläche der Netzhaut.

Hier will ich nur in Kürze einschalten, was man unter Sehfeld versteht. Sie haben Alle schon beobachtet, daß Sie nicht blos den Gegenstand sehen, den Sie deutlich sehen wollen, der sich auf der Mitte Ihrer Netzhaut, dem sogenannten gelben Fleck, abbildet, sondern

es erscheinen Ihnen die den Gegenstand des deutlichen Sehens umge=
benden Objekte auch mehr oder weniger deutlich. Beiläufig ist auf
der circa 300 Quadratlinien messenden Netzhautoberfläche ein Drittel
unserer Umgebung abgebildet. Es ist in diesen engen Rahmen stets
ein Abschnitt bald des Firmaments, bald der Erdoberfläche, bald der
engen Stube, die wir bewohnen, eingezeichnet und wir nennen die
Summe der Gegenstände, die wir bei unverrückten Augen auf einmal
wahrnehmen, das Sehfeld. Die Sehfeldbeschränkungen sind Zeichen
einer Krankheit der Netzhaut, des Glaucoms u. s. w.

Ich kehre zu unserem Gegenstand zurück.

Was die Bedingungen der Normalsichtigkeit sind, haben Sie
nun gesehen; wodurch sie im Bau des Auges erfüllt werden, müssen
wir uns noch klar machen, und hier werden Sie vielleicht erwarten,
daß die Untersuchungen ausgewiesen haben, es sei vorzugsweise die
richtige Brennweite des lichtbrechenden Apparats, die dies bedingt.
(Brennweite = der Distanz zwischen dem Convexglase und dem Schirm,
auf dem ein deutliches Bild der Sonne als Scheibe entsteht.)
Dies ist aber nicht der Fall, denn die Abweichungen der verschiedenen
Augen in dieser Richtung sind so gering, daß sie weniger in Anschlag
kommen. Es rührt dies vielmehr von der verschiedenen Entfernung
der Netzhaut von der durch Hornhaut, Kammerwasser und Krystall=
linse gebildeten Sammellinse her, so daß wir sagen können:

In Augen, die wir als die vollkommensten (bezüglich des Baues)
betrachten, liegt die Netzhaut gerade in der Brennweite der licht=
brechenden Medien (normalsichtige Augen). Andere Augen sind so
gebaut, daß die Netzhaut weiter rückwärts liegt, indem die Axe des
Glaskörpers länger ist. Parallel auf die Hornhaut auffallende Strahlen
werden demnach schon vor der Netzhaut vereinigt; kurzsichtig.

Eine dritte Reihe sind jene Augen, welche von Natur so gebaut
sind, daß die Netzhaut vor der Brennweite des lichtbrechenden Apparats
liegt; hier ist die Axe des Glaskörpers zu kurz, der Augapfel gewisser=
maßen zu klein; übersichtig.

Die Fernsichtigkeit, die im höheren Alter bei vorher normal=
sichtigen Augen eintritt, unterscheidet sich von der eben berührten
Uebersichtigkeit dadurch, daß sie allein dadurch bedingt ist, daß hier
die Accommodation für die Nähe, das Vorschieben der Linse durch
den Ciliarmuskel nicht mehr stattfinden kann und das Auge flacher
und gewissermaßen starrer ist; ein solches Auge ist aber, eben weil

die Entfernung des lichtbrechenden Apparats von der Netzhaut die richtige ist und nur für nahe Gegenstände die Accommodation fehlt, für ferne Objekte so scharf, wie vorher.

Hier muß ich noch einer Entdeckung der neuesten Zeit von Professor Donders in Utrecht gedenken, des sogenannten Astigmatismus; es ist dies eine Art der Sehstörung, die bei sonst normal gebauten Augen durch eine ungleichmäßige Wölbung der brechenden Medien, besonders der Hornhaut, bedingt wird und angeboren ist. Meistens ist in solchen Fällen die Hornhaut von oben nach unten stärker gewölbt, als von innen nach außen; die Folge ist, daß die Strahlen, die durch den gewölbteren Theil gehen, früher zur Vereinigung kommen, als die andern, wodurch ein undeutliches Bild entsteht. Man kannte diese Art der Störung lange nicht, kann sie aber jetzt durch Gläser korrigiren. Sie ist Gottlob selten.

Als Schluß dieser etwas trockenen, aber nöthigen Auseinandersetzung lassen Sie mich nur noch ein paar Worte über den Nahpunkt und Fernpunkt sagen.

Das deutliche Sehen ist bezüglich der Entfernung der Gegenstände durch zwei Punkte begrenzt. Der Nahpunkt, in der Nähe des Auges gelegen, gibt die geringste Entfernung an, innerhalb welcher das Auge noch deutlich sieht; rückt der Gegenstand noch näher, so wird er undeutlich.

Der Fernpunkt gibt die größtmögliche Entfernung an, in der noch deutlich gesehen wird, jenseits desselben wird nicht mehr deutlich gesehen. Für ein ideal normales Auge liegt der Nahpunkt ungefähr sechs Zoll, der Fernpunkt aber unendlich weit entfernt, für ein kurzsichtiges Auge dagegen liegt der Nahpunkt und der Fernpunkt näher, und beide Punkte sind natürlich einander genähert je nach dem Grade der Kurzsichtigkeit; beim weitsichtigen Auge ist der Nahpunkt mehr abgerückt, der Fernpunkt natürlich nicht, im Ganzen aber büßen natürlich beiderlei Augen in Beziehung auf die Strecke, innerhalb der sie deutlich sehen, ein.

Es wäre nun am natürlichsten, ich würde hier gleich Einiges über Brillen anknüpfen, Sie gestatten mir aber einen Einschub.

Wir wollen jetzt einmal eine Ophthalmobiographie mit einander schreiben, wollen den ganzen Lebensgang eines menschlichen Auges verfolgen und sehen, was wir hier für Mißständen und irrigen Ansichten begegnen, die wir etwa berichtigen und beseitigen können.

Unser Weg führt uns zuerst in die Kinderstube. Wie hier überhaupt heute noch die verschiedensten Ansichten herrschen, wie ein junger Weltbürger schaukelnd, wie nur beim heftigsten Seesturm, einschlafen muß, so daß er nur seinem noch unverdorbenen Magen und der geringeren Reizbarkeit seines Gehirns es verdankt, daß er nicht die sämmtlichen Folgen dieser passiven Bewegungen erfährt, abgesehen von den verschiedenen Ernährungsmethoden, über die sich selbst die Fachmänner noch nicht geeinigt haben, wie über das Austragen, den Anzug u. s. w. unter den verschiedenen Tanten und Pathinnen die verschiedensten Meinungen zur Geltung kommen, so ist dies auch bezüglich der Behandlung des Sehorgans. Während einerseits die dichteste Finsterniß des Kinderzimmers als nothwendiges Erforderniß betrachtet wird, glauben Andere die Ansicht vertheidigen zu müssen, daß man das Licht ungeschmälert eintreten lassen müsse, als den für die Netzhaut nothwendigen Reiz; die Wahrheit aber liegt in der Mitte. Ist es auch nicht richtig, daß intensives Licht in dem zarten Auge des Neugeborenen Entzündung hervorrufe und namentlich jene Entzündung, die unter dem Namen der eitrigen Augenentzündung der Neugeborenen so viele Augen ruinirt, so ist doch eine vorsichtige Behandlung in dieser Beziehung nothwendig. Denn, wenn man bedenkt, daß die Augenbrauenbogen bei Neugeborenen wenig hervortreten, die Augen somit ganz flach liegen, die Augenbrauen und Wimpern kurz und zart, die Lider beinahe durchscheinend dünn sind und die Regenbogenhaut bekanntlich immer wenig gefärbt ist, wenn man dabei noch berücksichtigt, daß das Kind sich nicht durch verschiedene Haltung des Kopfes gegen grellen Lichteinfall schützen kann und daß durch grelles, intensives Licht nicht nur bei Kindern, sondern auch bei Erwachsenen schon bis zur Erblindung gehende Verminderung der Sehschärfe beobachtet wurde, so ist es doch wohl gerechtfertigt, daß man das Kind vor grellem Lichteinfall und raschem Lichtwechsel schützt, ohne natürlich in das andere ebenso schädliche Extrem zu verfallen und jeden Luftwechsel und Lichteinfall für eine Schädlichkeit zu halten. Reinlichkeit, insbesondere häufiges Reinigen der Augen mit reiner Leinwand oder reinen, blos dafür verwendeten Schwämmen sind ganz besonders zu empfehlen; sie sind mit ein Hauptmittel zur Abhaltung des schlimmsten Feindes der Kinderaugen, der schon berührten eitrigen Augenentzündung der Neugeborenen. Was ist sie

2

denn eigentlich, diese berüchtigte Entzündung, der so viele Augen
heute noch zum Opfer fallen?

Sie ist eine im Wesentlichen catarrhalische Affektion der Haut,
die den Augapfel in seinem vordern Drittheil und die Lider über=
zieht. Am häufigsten entsteht sie in Findelhäusern und Krankensälen,
und zwar in Folge einer falschen Furcht vor dem Licht, durch eine
ungesunde Atmosphäre, dieser Einfluß ist auch in der Kinderstube
häufig genug, die oft Tage lang nicht gelüftet wird, in der die
Ausdünstung von Menschen und Speisen sich anhäufen. Im Anfang
sieht man, wenn diese Krankheit sich bilden will, nur etwas röthere,
leicht geschwollene Lider, und auch das Weiße des Auges hat einen
röthlichen Schein, das Kind schließt das Auge, besonders bei stärkerem
Lichteinfall mehr, als im gesunden Zustande und es thränt. Jetzt schon
ist es Zeit, sehr vorsichtig zu sein, das Auge öfter mit lauem Wasser
(besser als alle Thee und Milch) auszuwaschen, denn sonst kömmt
rasch das zweite Stadium, das der Absonderung, das gefährlichere,
nicht weil das Sekret ätzt, sondern weil es fortwährend als Ent=
zündungsreiz wirkt; ich will mich nicht dabei aufhalten, den weitern
Gang dieser Krankheit zu beschreiben mit all ihren traurigen Aus=
gängen bei unrichtiger Behandlung, sondern nur noch accentuiren,
daß in diesem Stadium noch mehr als im vorigen, eine häufig wie=
derholte Reinigung des Auges mit lauem Wasser und wenn die Lider
geschwollener sind, kalte Umschläge das Beste sind, aber man verliere
hier keine Zeit, und kehre sich nicht lange an die Rathschläge weiser
Frauen, sondern, wenn es nicht unter der besagten einfachen Be=
handlung besser wird, wende man sich an den Arzt.

Noch ist beim zarten Kinde auf Etwas die Aufmerksamkeit zu
lenken, was man gern übersieht oder oft nicht leicht findet; es ist,
so naiv es lautet, wahr, daß man oft lange nicht klar ist, ob ein
Kind sieht, oder nicht, bis man auf einmal, oft erst nach Monaten
oder Jahren, die traurige Entdeckung macht; nun kömmt natürlich
Alles darauf an, was ist der Grund, ein angeborenes Sehnerven=
leiden, oder eine Linsentrübung; in beiden Fällen ist das Zuwarten
fehlerhaft, und insbesondere muß man der äußerst irrigen, bis vor
Kurzem auch in ärztlichen Kreisen noch geltenden Ansicht entgegen=
treten, als ob das Kind älter, vernünftiger werden müßte, ehe man
die Operation vornehmen kann; je jünger das Kind, desto ungefähr=
licher ist die Operation, desto größer die Aussicht auf Erfolg, die

mit jedem Jahre schon dadurch geringer wird, weil, je länger ein Nerv nicht funktionirt, desto wahrscheinlicher seine allmälige Lähmung wird.

Gehen wir nun einen Schritt weiter, und sehen wir, welchen besondern Zufällen das Auge des kleinen Weltbürgers exponirt ist, wenn er jetzt anfängt, von seinen Augen Gebrauch zu machen; immer werden Sie beobachten, daß so ein kleiner Mensch sich energisch dem Lichte zukehrt, die Flammen unserer Talg= und auch besserer Lichter sind (glücklicher Weise in diesem Falle) nicht so intensiv, daß wir Blendungs=Erscheinungen zu fürchten haben, ganz anders ist dieß aber mit dem Sonnenlicht, hier ist denn doch wieder eine Ueber= wachung sehr nöthig, denn das Kind versucht es, in die Sonne zu sehen, unbekannt mit der Gefahr, die ihm daraus erwächst. Jetzt kommen die Bilderbücher an die Reihe, das sehbegierige Kind schaut sie an, ja oft zur Bequemlichkeit der Eltern oder der Wärterin, länger, als dem kleinen, mit schwachen Muskeln begabten Auge gut thut. Je bunter die Farben, desto besser, auch hier habe man wenigstens Acht, daß das Kind nicht stundenlang nahe auf die Bilder schaut, und gebe nicht kleinere, sondern größere Objekte.

Eines Uebels, das gerne in den ersten Kinderjahren entsteht, und das durchaus nicht, wie man meist zu glauben geneigt ist, blos ein Schönheitsfehler ist, will ich noch gedenken, ehe wir uns mit dem Kinde zur Schule begeben. Es ist das Schielen, was ich meine. Ob das Schielen angeboren vorkömmt, ist eine Frage, die noch immer verschieden beantwortet wird, es scheint aber, daß es der Fall ist, und zwar dann meist familiär.

Am häufigsten aber entwickelt sich das Schielen in den ersten Jahren bis zum sechsten Jahre, und zwar das Einwärtsschielen bälber, als das Auswärtsschielen, was selten unter zehn Jahren beobachtet wird. Wie das Schielen bei Kindern entsteht, darüber sind noch häufig sehr mährchenhafte Erzählungen im Schwung. Am häufigsten werden die Gichter, die ohnedieß eine fabelhafte Rolle als Krankheits= ursache spielen, beschuldigt, dann aber, und wohl mit mehr Recht das von den Kindern so häufig versuchte Nachahmen des Schielens, Sehen nach der Nase, bei kleinen Kindern gewisse Lagen des Kindes dem Fenster gegenüber, das Aufhängen von Spielzeugen seitlich u. s. w. Die Wahrheit ist, daß bei gleichen Augenmuskeln, wenn nicht Ein Muskel prävalirt, alle diese Gründe keinen Einfluß haben, aber sie

sind zu berücksichtigen, wenn dieß, wie häufig, der Fall ist, und dazu
noch, was der eigentliche wirkliche Grund des Schielens ist, ein un-
gleicher Bau der Augen kömmt. Uebersichtige Augen schielen vorzugsweise nach innen, bei sehr kurzsichtigen entsteht leicht Schielen
nach außen, die Gründe hiefür zu entwickeln, die man seit einiger
Zeit durch Donders kennt, würde hier zu weit führen. Ich möchte
nur noch darauf aufmerksam machen, daß das sogenannte Stieren
bei Kindern allerdings, namentlich wenn eine Ungleichheit der Muskeln
besteht, Schielen zur Folge haben kann, und daß man gut thut,
hierauf die Kinder aufmersam zu machen.

Interessiren dürfte Sie noch folgende Thatsache. Wenn ein
Augenmuskel gelähmt ist, entsteht natürlich auch Schielen, und hier
ist immer Doppeltsehen dabei; Sie können dieß jeden Augenblick
nachahmen, wenn Sie z. B. den Zeigefinger an das untere linke
Lid legen, und die Spitze desselben, zwischen den Augenhöhlenrand
und den Augapfel so eindrängen, daß dieser etwas nach oben ge-
schoben wird, und jetzt eine Kerzenflamme fixiren, so wird über dem
Bilde, was dem rechten Auge angehört, ein Zweites dem linken
Auge gehöriges erscheinen, weil jetzt die Flamme in dem rechten
Auge auf, in dem linken Auge unter dem Mittelpunkte der Netzhaut
abgebildet wird. Der Schielende, bei dem kein Augenmuskel gelähmt
ist, sieht gewöhnlich nicht doppelt, was er doch eigentlich müßte,
wenn nicht auf eine noch nicht genügend erklärte Weise das Bild des
abgelenkten Auges unterbrückt würde. Das Schielen ist somit eine,
durch einen krankhaften Brechzustand hervorgerufene unharmonische
Stellung der Augen, wobei aber das schielende Auge dem die Gegenstände fixirenden in allen Bewegungen folgt, ja das schielende Auge
sieht, sobald das andere verdeckt wird, gerade aus. Schließlich aber
ist die Folge bei längerem Bestehen doch immer die, daß das schielende
Auge, das immer außer Thätigkeit ist, an Sehkraft sehr abnimmt,
ja oft beinahe erblindet. Je länger ein Auge schielt, desto mehr er-
lahmt auch die Kraft des Muskels, der das Auge nach der der
Schielstellung entgegengesetzten Richtung zieht, und dieser wird schließlich halb gelähmt. Aus diesen Thatsachen geht nun doch evident
hervor, daß das Schielen nie, wenn es noch zu heben ist, belassen,
sondern immer operativ beseitigt werden sollte, um so mehr, als die
Schieloperation nie nachtheilig wirken kann, und in ihren Folgen so
unbedeutend ist, daß nie irgend ein Nachtheil daraus erwachsen, ja

daß der Operirte unmittelbar nach der Operation wieder ausgehen kann, ohne sich einer besondern Nachkur unterziehen zu müssen. Alle die optischen Kunststücke, wenn ich sie so nennen soll, die Antischiel-Apparate sind deßhalb erfolglos, weil immer die einfache Thatsache außer Acht gelassen wurde, daß das Schielen nur eine gewohnheits-gemäße schiefe Stellung der Augen ist. Besonders das so häufig angerathene Verbinden eines Auges hat einfach blos die Folge, daß das unter dem Verschluß stehende Auge falsch steht. Es kann dieß nur dann gerechtfertigt werden, wenn die geschwächte Sehkraft Eines Auges geweckt werden soll. — Das Stereoskop allein findet eine Rechtfertigung. —

In diese Altersperiode, allerdings auch noch in eine spätere fällt eine häufige Augenkrankheit der Kinder, der ich nur kurz aus dem Grunde erwähnen will, weil hier noch oft sehr divergente An-sichten unter den Fachmännern selbst herrschen. Es ist dieß die so-genannte scrophulöse Augenentzündung, eine Krankheit, die meist mit kleinen Geschwürchen auf der Horn- oder Bindehaut verbunden ist, und für die kleinen Kranken sehr quälend und auch gefährlich ist. Hier wird nun meist mit allen den sogenannten antiscrophulosen Mitteln, Spießglanz, Nußblätter und zum Jammer für Kind und Eltern mit dem vielgerühmten Leberthran dem Feind zu Leibe ge-gangen, und dabei unter Umständen das Auge blind, weil übersehen wird, daß wenn je Scropheln der Grund der Krankheit sind, die Sehkraft durch Durchbruch der Hornhaut, Trübung derselben, Trauben-Augbildung verloren gegangen sein kann, ehe nur die vielgerühmten Antiscrophulosa wirken. Eben so falsch ist aber die Ansicht, daß, wenn wirklich Scrophulose sich bei dem erkrankten Kinde in Drüsen-Anschwellungen, Ausschlägen u. s. w. sich zeigt, diese unberücksichtigt bleiben müsse. Mehr aber als Alles hilft dann ein richtiges diä-tetisches Verfahren, gute Luft, strenge Reinlichkeit, Bäder 2c. Häufig aber kömmt diese Art der Augenentzündung auch bei nicht scrophu-lösen Kindern vor, und dann sind gewiß die armen Kleinen doppelt bedauernswerth, wenn sie durch das Machtwort des Arztes und der Eltern unter jedesmaligem Weinen und sich Sträuben oft mit harten Maaßregeln gezwungen werden, die obgenannten Delikatessen aus der Apotheke zu verschlucken.

Dritter Vortrag.

Betrachtungen über die Behandlung des Auges in der Schule. Werth der verschiedenen Beleuchtungsmittel. Schleier. Gefärbte Brillen. Farbenblindheit. Fortschreitende und stationäre Kurzsichtigkeit.

Jetzt begleiten wir den kleinen Menschen zur Schule; der Ranzen, jetzt auch in zierlicherem Extérieur unsern kleinen Töchtern gegönnt, was aber gegenüber den schwerer transportablen Büchertaschen ein Fortschritt ist, ist sorgfältig von der liebenden Mama umgeschnallt, und mit, selten vor Freude zitterndem Herzen tritt der kleine Mensch seinen ersten Gang in das öffentliche Leben an. Wir kommen in das Schulzimmer, da stehen sie, die ehrwürdigen Bänke und Tische oder Subsellien, auf denen wir Alle auch gesessen, geschmückt mit den Gravirarbeiten unserer Vorfahren. Ob sie den Grundsätzen der Heilgymnastiker entsprechen, wollen wir diesen zur Entscheidung anheimgeben; wir kommen nochmals auf sie zurück. Uns interessirt mehr das Licht, nicht allein das geistige, das hier leuchtet, sondern die Beleuchtung des Schulzimmers im eigentlichen Sinne des Worts. Das erste Erforderniß ist genug Licht. Nicht einmal dafür ist immer gesorgt; hier in unserer Stadt mit weiten Straßen, die nicht eben mit vielen hohen Gebäuden eingerahmt sind, haben wir daran keinen Mangel, obgleich ich nicht gewiß bin, ob alle hiesigen Schullokale damit ganz genügend versehen sind. Wie soll nun aber das Licht einfallen? Wir arbeiten alle bei Tag und bei Nacht bei auffallendem Licht, d. h. bei Lichtstrahlen, die nicht unmittelbar von der Sonne oder der Flamme, die uns dient, in unser Auge fallen, sondern bei Licht, das die Gegenstände, mit denen wir uns beschäftigen, die Bücher, Tafeln, Hefte ꝛc., beleuchtet und von dort unserem Auge zugeführt wird. Daraus ziehen wir also von vorne herein den Schluß, daß kein Arbeitender das Auge dem Fenster zuwenden soll, sondern daß das Licht von oben und von der Seite kommen soll. Von welcher Seite, dieß ist beim Lesen schließlich gleich, beim Schreiben aber

muß das Licht immer von links kommen, um den Schatten der rech=
ten Hand und der Feder, des Griffels, Bleistifts u. s. w., zu ver=
meiden, beziehungsweise nicht vor die Schrift zu werfen. Bald
kennzeichnet sich dem darauf aufmerksamen Lehrer, und dieß sollten
diese wichtigen Lenker der Jugend alle sein, die verschiedene Sehkraft
seiner Schüler, denn nicht so häufig, als man anzunehmen geneigt
sein könnte, ist die bloße Gewohnheit des sich zu Weitvorbeugens
auf Buch oder Schrift, sondern oft ist dieß schon ein Zeichen der
jetzt erst sich enthüllenden Kurzsichtigkeit. Es ist daher sehr wichtig
für Eltern und Lehrer sich hierüber zu vergewissern und nothfällig
das Auge untersuchen zu lassen, um dann durch eine passende Brille
vorzubeugen, denn die Stellung und Lage des Rückens, der Brust
und des Kopfs beim Arbeiten, sind nicht allein für das Auge, sie
sind für die Entwicklung des ganzen Körpers von eminenter Wich=
tigkeit. Zehn bis zwölf Zoll Entfernung des Auges vom Papier
oder Buch sind dem normal gebauten Auge angemessen. Hier müssen
wir noch einmal auf die Schulbänke, die sogenannten Subsellien zu
sprechen kommen. In den meisten Schulen ist auf die Größe des
Kinds gar keine Rücksicht genommen und muß der vierzehnjährige
Knabe sich vornüberbeugen, wo der sechsjährige kaum mit Hals und
Kopf die Bank überreicht. In Amerika hat man angefangen, jedem
Kinde eine eigene Schulbank zu geben mit Berücksichtigung der für
jedes Alter passenden Größe und Distanz von Bank und Tisch, gewiß
sehr empfehlenswerth. — Wie soll ich nun gar die Unzahl Vergehen
alle aufzählen, die durch engen Druck, kleine Handschrift, undeutliches
Schreiben gegen das Auge begangen werden; docti male pingunt,
das wissen wir, aber die Lernenden sollens nicht, und die Gelehrten
wären sich und Andern gefälliger, wenn sie deutlicher schrieben.
Gehen wir vollends in die Töchterschulen, und sehen wir uns die
dortige Thätigkeit an, was wird hier, unter der Rubrik, weibliche
Arbeiten, gesündigt, ich will einmal einen alten berühmten Augen=
arzt sprechen lassen, Beer. Er sagt: Indem man dem schlecht=
verstandenen Grundsatz huldigt, Kinder müssen unausgesetzt beschäftigt
werden, gibt den ganzen lieben Tag ein Meister dem andern die
Thüre in die Hand; da ist des Lesens, Schreibens, Sprachenlernens,
Zeichnens, Rechnens, Stickens Singens, Klavierspielens kein Ende,
bis die gemarterten Geschöpfe ganz bleich, kraftlos und hinfällig
sind, und sie in einem solchen Grade kurzsichtig und schwachsichtig

werden, daß man endlich Aerzte zu Rathe ziehen muß. Am schlimmsten, sagt er weiter, sind hiebei die armen Mädchen daran, der Unterricht der Knaben gewährt mehr Abwechslung und Bewegung in freier Luft. Was nützt es mancher vortrefflichen Jungfrau, mancher verehrungs= würdigen Frau, daß sie als Kinder die Bewunderung Aller, die sie kannten, sich erwarben, wenn sie die Gesundheit ihrer Augen, die Schärfe des Gesichts geopfert haben. Ich sah kleine mit dem soge= nannten Perlenstich auf Tabaksdosen verfertigte Landschaften, die einem vortrefflichen Miniatur=Gemälbe kaum nach gaben, und die einen künstlerischen Verstand der Näherin verriethen. Mit dem innigsten Vergnügen betrachtete ich jene Bilder, bis mir die Augen der Künstlerin einfielen, die mir die Freude auf die fatalste Weise verbitterten. Möchte ich doch so glücklich sein, durch diese öffentliche Klage den armen Kindern täglich nur eine Stunde lang den Genuß der freien Bewegung des Körpers zu verschaffen.

So der alte Beer. Manches ist besser geworden, man fängt an selbst auf gesetzgeberischem Wege dem Körper seine Rechte zu vindiciren, Vieles aber bleibt noch zu wünschen. Ich sehe ein, ge= lernt muß werden, und zwar viel, aber der Lehrer kann und darf, ohne seine Pflichten zu verletzen, das körperliche Wohl und in specie das Gesicht seiner Schüler nicht unberücksichtigt lassen.

Wenn ich in Kürze etwa die in einer frisch zu begründenden Schule wünschenswerthen Prinzipien, die bei der für die jetzige Zeit nothwendigen Anstrengung im Lernen zu Erhaltung der Sehkraft der Schüler dienen können, zusammenfassen soll, so wären es Zimmer mit hohen, hellen Fenstern, wo möglich so angebracht, daß das Licht nicht von zwei Seiten einfällt, überall mit gutschließenden Läden ohne Spalten, oder grauen, blauen, weniger gern grünen Rouleaur versehen, die wir in erster Instanz zu wünschen hätten. Der Grund= satz, daß auch das stärkste Licht, wenn es von oben einfällt, eher ertragen wird, als ein viel schwächeres von unten oder von der Seite her, dürfte bei Neubauten immerhin auch sehr berücksichtigt werden, wenn auch nicht überall direkt von oben Lichteinfall erzielt werden kann, so doch durch möglichst hohe Fenster und die Möglich= keit, bei greller Beleuchtung die untern Fenster durch graue oder blaue Vorhänge abzuschließen. Matte Fenster finden da und dort eine zweckmäßige Anwendung, sollten dann aber nie durch Zeichnungen *u. f. w. unterbrochen*, einzelnen Lichtstrahlen Durchfall gewähren, fondern gleichmäßig das untere Licht abſchwächen. Die blos weißen Wände von Lehrzimmern ferner ſollten lieber einen bläulichen, gräu= lichen, grünlichen Ton haben. Die Schulbänke ſollen, wenn ich noch einmal darauf kommen darf, der Körpergröße des verſchiedenen Alters angemeſſen ſein, und nicht, wie man oft zu glauben geneigt iſt, viel, ſondern möglichſt wenig Anlehnung bieten. Auf die künſt= liche Beleuchtung komme ich noch zu ſprechen.

Einen wichtigen Moment aber möchte ich hier noch erwähnen, der ſehr in der Hand der Lehrer liegt. Es iſt dieß die Haltung der Schüler. Ich hatte in jüngſter Zeit Gelegenheit, mit einem unſerer bedeutendſten hieſigen Schulmänner hierüber zu ſprechen, der mich verſicherte, daß es dem Lehrer, wenn ihm ernſtlich daran liege, leicht ſeie, hier ſehr erfolgreich einzuwirken. Er ſelbſt führte die Maßregel auf eine einfache, ſehr empfehlenswerthe Weiſe durch, indem er, als Elementarlehrer, (natürlich iſt dieß nach dem alten Worte, was Häns= chen nicht lernt, lernt Hans nimmer, die beſte Zeit, um Etwas zu erreichen), die Kinder, ſobald ſie gebückt ſaßen, den Griffel, die Feder, den Bleiſtift 2c. weglegen ließ.

Bedenken wir, daß die vornübergebeugte Körperhaltung, wie wir ſpäter bei der Kurzſichtigkeit noch ſehen werden, außer den Nachtheilen für den übrigen Körper den genannten Sehfehler wohl nicht erzeugen, aber wenigſtens unter gewiſſen Bedingungen ſehr vermehren kann, ja daß ſich dadurch zu der Kurzſichtigkeit wirkliche Sehſtörungen ge= ſellen können, ſo werden Sie mir Alle zugeben, Eltern und Lehrer, daß der Arzt und in specie der Augenarzt, ein gewiſſes Recht, ja mehr noch, die Pflicht hat, auf dieſe Verhältniſſe aufmerkſam zu machen. Gibt es doch jetzt noch Lehrer, die ihre Schüler als Strafe einen Satz zwanzig bis hundertmal abſchreiben laſſen, und es unbillig finden, wenn Eltern bei den Kindern um Beſchränkung der Hausauf= gaben bitten! Gibt es doch Eltern, die aus übelangebrachten ökono= miſchen Rückſichten ihren Kindern zu Abendarbeiten ein dünnes Talg= licht geben und nicht bedenken, daß dadurch ſpäter möglicherweiſe die Exiſtenz zerſtört wird! Eltern und Lehrer ſollten hier, wie überall, Hand in Hand gehen, ſich beſprechen, um gleiche Maßregeln, im Haus wie in der Schule, zu erzielen. — Am allerungezwungenſten ſchließen ſich hier einige Worte über Licht und Beleuchtung an, es iſt dieß ein Kapitel, wichtig für alle Altersſtufen und Menſchenklaſſen, und ich weiche nicht von meinem Programme ab, denn schon mit dem Beginn der Schule beginnt auch das Arbeiten bei künstlicher Beleuchtung.

Das Licht ist das eigentliche Medium des Sehsinns, in gewissem Sinn die Nahrung, der nothwendige Reiz des Sehnerven. Wir müssen deßhalb vor Allem das Lichtquantum, dessen das Auge benöthigt ist, ins Auge fassen. Wenn ich schon bei der Behandlung des zarten Kinderauges einer richtig bemessenen Lichtzufuhr das Wort geredet habe, so ist dieß in nicht geringerem Grade auch beim Auge des Halb- und Ganzerwachsenen nothwendig. Die Ueberschreitung des richtigen Maßes macht sich meistens nach kürzerer Zeit oder augenblicklich durch die sogenannte Blendung bemerklich, die entweder in einem schmerzhaften Gefühl der Ueberreizung oder einer Störung der Deutlichkeit des Sehens besteht. Nicht immer ist Beides der Fall, sondern häufig, namentlich bei nicht zu hohen Graden der Blendung, aber längerer Dauer, entsteht eine rasche Ermüdung des Auges bei verhältnißmäßig geringer Anstrengung, verknüpft mit Funken oder Farbensehen. Diese Ermüdung macht sich auf zweierlei Weise geltend, entweder so, daß das gewöhnliche Licht nicht genügt, oder daß selbst eine gewöhnliche, einem gesunden Auge angenehme Beleuchtung nicht ertragen wird, oder es ist Beides der Fall, wodurch dann das Auge gar nicht mehr funktioniren kann. Eine derartige Affektion wurde vor einigen Jahren bei mehreren hundert Arbeitern zumal beobachtet, die längere Zeit mit einer Wasserbaute beschäftigt so situirt waren, daß sie fortwährend Sonnenstrahlen, in dem Wasser reflectirt, an welchem sie arbeiteten, auf ihre Netzhaut geworfen bekamen. Die Meisten wurden geheilt, Einige waren dauernd um einen Theil ihres Sehvermögens gebracht. Diese schlimmen Folgen von der Einwirkung von zu viel Licht nun machen sich so zeitig und so unangenehm bemerkbar, daß hievor weniger gewarnt werden muß, und daß schon ein hoher Grad von Indolenz dazu gehört, um dieß nicht zu vermeiden, und ist es einmal geschehen, nicht Hilfe zu suchen, während dagegen das Gegentheil, das Abschneiden der dem Auge nöthigen Lichtzufuhr viel häufiger der Fall ist, und zwar langsamer, aber um so schlimmer wirkt. Auch hieraus resultirt schließlich eine abnorme Empfindlichkeit des Auges, die sich bis zu förmlicher Erkrankung oder einer Art Lähmung des Sehnerven und seiner Ausbreitung, der Netzhaut, steigern kann, und deren Ursache dann oft lange nicht erkannt wird. Hier brauche *ich nur zu* erinnern an das Lesen, Nähen, Schreiben 2c. in der Dämmerung, oder bei schlechter Beleuchtung, und an das oft so beliebte Halbdunkel, das wir in den Häusern der höhern Stände häufiger finden als in den Gefängnissen, ferner an den Mißbrauch, der mit Schleiern, gefärbten Brillen 2c. getrieben wird; wie viel ferner wird gefehlt durch das gänzliche Absperren des Lichts in Schlafzimmern, so daß Morgens der Contrast, wenn endlich die dicken Gardinen, die Läden und Rouleaux geöffnet werden, schaden muß. Ueber Schleier und gefärbte Brillen muß ich noch ein paar Worte beifügen. Die Schleier wären an sich bei greller Sonne, bei Reflexstrahlen, die von Schnee bei Sonnenschein kommen, nicht zu verwerfen, wenn es ein Mittel gäbe, sie vor den Augen festzuhalten, durch ihre Bewegung aber bei jedem Luftzug, bei rascher Bewegung 2c. bedingen sie einen fortwährenden Wechsel von Licht und Dunkelheit, der mehr schadet als nützt. Ganz verwerflich sind die kurzen Schleier, die in letzter Zeit vielfach getragen wurden, weil sie gerade das schädlichste Licht, das untere und seitliche, nicht dämpfen. Die gefärbten Brillen, die wir unter gewissen Verhältnissen als unerläßliche Schutzmittel bei kranken Augen unter keiner Bedingung missen möchten, sind schädlich, sobald sie ohne bestimmten Grund getragen werden. Wer nur an Kurz= oder Weitsichtigkeit ohne eine gleichzeitige Augenkrankheit leidet, bediene sich der für seinen Zustand passenden Concav= oder Convex= Gläser, aber ohne Färbung, denn für das gesunde Auge ist das Tageslicht der normale Reiz, wie für die Muskeln die Bewegung, für die Lungen die Luft u. s. w. Ganz anders ist dieß bei entzünd= lichen Affectionen der Augen, bei Reizzuständen des Sehnerven, der Netzhaut mit Lichtscheu u. s. w. Hier sind gefärbte Brillen am Platz, aber ohne ärztliche Verordnung sollte man nicht zu ihnen greifen. Denn es ist z. B. nicht immer gleichgültig, ob man eine blaue oder rauchgraue Brille trägt, ob die Brille plan= oder schalenförmige Gläser hat u. s. w.

Es ist hier der Ort, Einiges über die Farben in ihrem Ver= halten zum menschlichen Auge einzufügen. Die Meisten unter Ihnen wissen, daß sich die Farben alle in zwei Abtheilungen bringen lassen, in die einfachen Farben, und die sogenannten Complementär=Farben.

Um mich hier verständlich zu machen, muß ich auf eine bekannte Thatsache recurriren. Es ist dieß die sogenannte Farben=Zerstreuung. Das bekanntlich weiße Licht der Sonne wird, wenn es durch ein Prisma (Fig. 3. 5.) aufgefangen wird, nicht nur gebrochen, sondern

in Strahlen von verschiedener Farbe zerlegt, was man Farbenzer=
streuung nennt. Fängt man nun das vom Prisma aus divergirende
Strahlenbündel auf einem Schirm (c. f. Fig. 3.) auf, so erhält man
das Spectrum (r. v.), in dem wir sieben Hauptfarben, die allmählig
ineinander übergehen, unterscheiden, Roth, Orange, Gelb, Grün, Blau,
Indigo und Violett. Diese Farben nennen wir einfache, prismatische,
auch Regenbogenfarben, (denn die Wolkenwand, die die zerstreuten
Sonnenstrahlen auffängt, ist schließlich Nichts als ein Spectrum.)
Aus diesen einfachen Farben nun läßt sich das weiße Licht wieder
zusammensetzen, wenn man die divergirenden Strahlen durch eine
Sammellinse wieder vereinigt. Sie fallen verschiedenfarbig auf die
Linse auf, und erscheinen hinter derselben vereinigt wieder als blen=
dend weißes Sonnenbild. Unterdrückt man nun eine oder mehrere
der einfachen Farben, so kann man aus Weiß irgend einen Farbenton
machen. Unterdrückt man z. B. Roth, Orange und Gelb des Spectrums, so erhält man Blau, fügt man sie wieder zu, so erhält man
wieder Weiß. Es würde zu weit führen, hier die bekannten Newton-
schen Versuche wieder zu geben, ich will nur noch anführen, daß zwei
Farbentöne, die zusammengenommen Weiß geben, Complementärfarben
heißen. Jede Farbe hat ihre Complementäre, denn wenn sie nicht
weiß ist, so fehlen ihr gewisse Strahlen, um Weiß zu bilden, und
diese fehlenden Strahlen machen die complementäre Farbe aus. Bei
diesen Versuchen nun hat man gefunden, daß blaue Farbentöne com-
plementär zu gelben sind, und daß die verschiedenen Nuancen von
Grün rothe Farbentöne zu Complementärfarben haben.

Wenn wir jetzt zu den verschiedenen Beleuchtungsmethoden über=
gehen, so ist, ehe wir den verschiedenen Einfluß der Farben auf das
menschliche Auge betrachten, noch vorher einiges Andere über die Be=
leuchtung zu erörtern. Ein Haupterforderniß ist zur Erhaltung des
Auges eine gewisse Stätigkeit des Lichts. Wir Alle kennen z. B. den
unangenehmen Einfluß, den nur ein Gartenzaun, hinter dem die
Sonne scheint, im Vorübergehen auf unser Auge üben kann, und
trotzdem sündigen hier unsere Damen gegen ihre Augen durch die
gefärbten Schleier. Selbst der jetzt so viel gerühmte blaue Schleier
(rothe, rosa u. s. w. will ich gar nicht erwähnen) leidet an der dem
Auge nachtheiligen Lichtunstätigkeit, macht durch Bewegung raschen
Wechsel von Licht und Schatten und bietet deßhalb für empfindliche
Augen keinen Ersatz für bessere Schutzmittel, wie blaue oder graue

Brillen. Aber auch mehrere unserer Beleuchtungsmaterialien und Apparate leiden an diesem Mangel, der selbst ganz gesunde Augen bei längerer angestrengter Benützung, wie in Comptoirs, Fabriken u. s. w. sehr afficirt. Vor Allem ist es die Flamme des Steinkohlen=Gases, die eine zitternde Bewegung hat, deren Ursache in mit demselben vermengter atmosphärischer Luft oder Wasserdampf zu suchen ist und die besonders bei Verunreinigung der Leitungsröhren sehr hochgradig ist. Daher kommen die vielen Reizzustände der Netzhaut bei Arbeitern in großen, mit offenen Gasflammen erleuchteten Fabriklokalen u. s. w. Man sollte deßhalb die Gasflammen alle mit Schirmen von mattgeschliffenem Glas oder sogenanntem Milchglas bedecken. Eben so ist auch die Flamme des so viel gebräuchlichen Erdöls von jener zitternden Bewegung nicht ganz frei, von den Talglichtern will ich lieber gar nicht reden, sie sind ohnedem auch ziemlich obsolet. Die wohlthätigste und steteste Beleuchtung gibt die Wachskerze und die Moderateurlampe, aber es ist natürlich, daß diese theuerste Bleuchtungsmethode namentlich für öffentliche Lokale nicht eingeführt werden kann. Dort sollte man dann wenigstens die offenen zitternden Flammen decken.

Gehen wir zu den Farben über.

Wir müssen annehmen, daß für das gesunde Auge das weiße Licht, womit die Sonne unsere Erde erhellt, das normale, für Funktion und Erhaltung passendste ist. Ich sage absichtlich, für gesunde Augen, kranke Augen, die natürlich auch einer Beleuchtung bedürfen, ertragen das weiße Licht nicht, das ja ohnedieß durch die uns umgebenden Gegenstände in die es zusammensetzenden Farben zerlegt wird. Wir wollen daher einmal untersuchen, wie die verschiedenen Färbungen auf unser Auge wirken. Bei diesen Forschungen war es hauptsächlich geboten, zu erfahren, ob die verschiedene Lichtstärke der Farben in geradem Verhältnisse mit ihrer Blendung stehe, ob mit andern Worten die Farbe, die am meisten Lichtstärke hat, auch das Auge am meisten blendet, von dem Auge am stärksten empfunden wird. Hier komme ich nun auf unser Spectrum zurück, das uns zeigt, daß die lichtstärkste Farbe roth ist, (Roth ist im Spectrum auch immer dem Sonnenbildchen (d. Fig. 3.) am nächsten, und der am wenigsten gebrochene Strahl, womit die Lichtstärke zusammenzuhängen scheint; aber Roth ist nicht die Farbe, die am stärksten, am intensivsten auf den Sehnerven wirkt; es ist also nicht, wie Sie vielleicht erwartet haben, die lichtſtärkſte Farbe auch die auf die Netzhaut und den Sehnerven am ſtärkſten wirkende, ſondern eine andere, und zwar die gelbe. Sie können dieß am beſten beobachten, wenn Sie ſich ein Spectrum (r. v.) mit dem Fernrohr beſchauen, wobei Sie noch neben= her die frappante Erſcheinung der Frauenhofer'ſchen Linien erhalten, die die Spectralfarben durchziehen, denn bei dieſer Betrachtung des Spectrums durch das Fernrohr iſt es Ihnen im gelben Felde der Blendung wegen kaum möglich, die Linien zu ſehen. Wir haben nun ſchon für die Beurtheilung des verſchiedenen Einfluſſes der verſchie= benen Lichtflammen auf das Auge einen Anhaltspunkt gewonnen, in= dem· wir nicht mehr einfach nach der Helligkeit·, ſondern nach dem Gehalt an Gelb die Intenſität derſelben tariren. Auch hier iſt die Leuchtgasflamme wieder als unverdeckt ſchädlich zu nennen, da ſie mehr gelbes Licht enthält, als alle andern Flammen. Die weitere Betrachtung zeigt uns nun, daß gegen das blaue Ende (v) des Spec= trums hin ſowohl die Lichtſtärke als die Empfindungsſtärke abnimmt. Es ſind ſomit Flammen, die viel Blau enthalten, nicht die beſten zur Beleuchtung, eben weil ſie wenig Lichtſtärke haben, aber ſie reizen das Auge am wenigſten, ſind ſomit alſo nur für ein krankes Auge, das aus irgend welchen Gründen normales Licht nicht erträgt, zu= träglich. Hieraus ergibt ſich nun ganz von ſelbſt, wenn die blaue Brille paßt, und warum ſie in gewiſſen Fällen unentbehrlich iſt. Ebenſo wird ſich die Frage, die ſchon häufig geſtellt wurde, jetzt leicht beantworten laſſen, nämlich die: „Warum ſchicken die Augenärzte Kranke mit ſchleichenden innern Augenentzündungen, Sehnerven= und Netzhautleiden u. ſ. w. in grüne Wälder, rathen Wohnungen mit Ausſicht ins Grüne an und mißrathen grüne Brillen, grüne Rouleaux u. ſ. w.“ Wieder iſt es unſer Farben=Orakel, das Spectrum, das uns Aufſchluß gibt. Blau hat Gelb, Grün Roth zur Complementär= farbe. Nun iſt es Erfahrungsſache, daß die Erregung, die ein ir= gendwie gefärbtes Licht im Auge hervorruft, ſich nicht auf die Em= pfindung der primären Farbe beſchränkt, ſondern daß der primären Farbe die ſekundäre, complementäre folgt, die um ſo ſtärker iſt, je reiner, je ſchärfer die erſte, primäre Farbe war. Faſſen Sie nun die Thatſache ins Auge, daß wir bis jetzt keine künſtlich bereitete grüne Farbe (um Stoffe, Gläſer ꝛc. zu färben) beſitzen, die nicht eine ſehr intenſive Nachwirkung von der immerhin lichtſtärkſten rothen Farbe *erzeugt, während* dagegen das ſogenannte falſche Blau eine ſehr ge=

mischte Farbe ist, die keine intensiv gelbe Nachwirkung erzeugt, so können Sie darin den Grund finden, warum die blauen Brillen die grünen verdrängt haben, die blauen Stoffe die grünen u. s. w. In der Natur dagegen ist das Eigenthümliche, daß das Pflanzengrün, das Chlorophyll, neben dem grünen sehr viel blaues Licht enthält, wodurch die sekundäre Wirkung des grünen Lichts, die Hervorrufung von Roth, sehr abgeschwächt wird. Wir müssen daher sagen, daß bei den gefärbten Schutzmitteln gegen Sonnenlicht nicht Eine Farbe es ist, die sich als das Beste erweist, sondern eine Mischung verschiede=
ner Farben, die für ein krankes Auge zwischen Lichtstärke und Licht=
empfindung, zwischen primärer und complementärer Wirkung ver=
mitteln soll.

Am Schluß dieses Abschnittes möchte ich Ihnen nur noch ein paar Worte über die Farbenblindheit mittheilen. Schon Thomas Young, der bekannte englische Physiker und Arzt, behauptete 1801, es gebe Augen, die für gewisse Farben kein Wahrnehmungsvermögen besitzen; man bestritt dies und sagte, es seien dies eben kranke Augen überhaupt, und der neueren Zeit erst war es vorbehalten, die Be=
hauptung Youngs zu bestätigen. Es ist wirklich der Fall, daß gewisse sonst ganz gute Augen für bestimmte Farben blind sind, was darin seinen Grund hat, daß bestimmte Netzhautelemente durch bestimmte Farben in Funktion gesetzt werden, die dann in solchen Augen fehlen. Das bekannteste Beispiel der Art bietet uns der englische Geistliche, der einen rothen Stoff zu seinem Chorrock kaufte, zum Erstaunen seiner Angehörigen und des Kaufmanns, bis sich bei weiterer Erör=
terung zeigte, daß überhaupt die Schwingungen der rothen Farbe auf seiner Netzhaut keine Empfindung veranlaßten.

Kehren wir nun zu unserem Schüler noch einmal zurück. Der aufmerksame Lehrer findet, daß derselbe, wenn an der schwarzen Tafel docirt wird, Buchstaben und Figuren von der Schulbank aus nicht wie die Andern sieht, sondern sich der Tafel nähern muß, und daß bei diesem Schüler das Vornüberneigen nicht üble Gewohnheit ist, sondern traurige Nothwendigkeit, weil der betreffende Knabe, das betreffende Mädchen kurzsichtig geboren ist.

Flüchtig haben wir diese häufige, in einzelnen Familien durch ganze Generationen sich forterbende Krankheit schon besprochen und Sie erinnern sich noch, daß bei Kurzsichtigen die Strahlen vor der Netzhaut vereinigt werden, weil das Auge gewissermaßen zu groß ist.

die Are des Auges zu lang, der brechende Apparat von der Netzhaut zu entfernt ist oder, und dies ist weit seltener der Fall, die brechenden Medien, Hornhaut, Kammerwasser, Linse, sind zu convex, brechen zu stark. Hier muß ich nun auf eine sehr wichtige Beobachtung, die uns der Augenspiegel gelehrt hat, aufmerksam machen, nämlich daß es, wenn Sie so wollen, zweierlei Arten von Kurzsichtigkeit gibt, eine stabile, die im höhern Alter eher besser wird, weil das Alter den Augapfel ohnehin flacher macht, weil im Alter aus schon früher angeführten Gründen bei normalen Augen Weitsichtigkeit eintritt, wodurch wirklich vorher kurzsichtige Augen zu einer Art Normal= sichtigkeit gelangen können, und eine fortschreitende. Bei der stabilen Kurzsichtigkeit ist das Auge sonst gesund, bei der fort= schreitenden ist eine mit dem Augenspiegel deutlich erkennbare krankhafte Ausbuchtung des Augapfels nach hinten in der Umgebung des Sehnerveneintritts vorhanden, die eine schleichende Entzündung der Aber und Netzhaut im Gefolge, und nicht zu rechter Zeit berück= sichtigt und behandelt, oft sehr traurige Folgen bis zum Verlust des Sehvermögens zur Folge hat. Und was hat diese Kenntniß für einen Einfluß bei der Behandlung der Kurzsichtigkeit? werden Sie fragen. Einen sehr großen; während bei der einfachen, stabilen Kurzsichtigkeit mit dem Sehmesser, Optimeter, die richtige Brille gesucht und wo immer die Kurzsichtigkeit bedeutender ist, am besten immer getragen wird, erfordert dagegen die fortschreitende, mit einer schleichenden Entzündung im Augenhintergrund verbundene Kurz= sichtigkeit, sobald sich Empfindlichkeit gegen Licht, Schmerz bei längerem Arbeiten dazu gesellt, oft sehr energisches Einschreiten, insbesondere Vermeiden aller und jeder Gläser, außer etwa einer Schutzbrille gegen intensiven Lichteinfall und oft Wochen und Monate langes Aussetzen jeder Arbeit. Thatsache ist es, daß diese Art von Kurzsichtigkeit meist nach dem fünfundzwanzigsten Jahre, wenn es geglückt ist, bis zu diesem Alter die Augen zu erhalten, weniger mehr fortschreitet und auch Gläser mehr andauernd ertragen werden.

Diese Betrachtungen nun führen uns ganz natürlich auf das wichtige Kapitel der Brillen, das ich hier behandle, weil die noch ganz verbreitete Ansicht sehr irrig ist, daß das frühe Tragen von Brillengläsern schädlich sei.

Doch ich will auf die sogenannte Brillendiätetik noch einmal

zurückkommen und Ihnen zuerst auseinanderfetzen, wie denn eigentlich
die Brillen wirken.

Wir können uns nur mit den sogenannten sphärischen Brillen
befaffen, die ihren Namen davon haben, daß fie als Kugelabschnitte
gedacht werden können. Wir scheiden fie in positive oder convexe
und negative oder concave Gläser; die convexen Gläser A B G H
(Fig. 4) sammeln die Lichtstrahlen, machen parallele Strahlen con=
vergirend. Die concaven Gläser C D M N (Fig. 5) zerstreuen die
Lichtstrahlen, machen parallele Lichtstrahlen divergirend.

Ich habe Ihnen die verschiedenen Arten der sphärischen Gläser
hier aufgezeichnet; A B ist ein biconvexes Glas, auf beiden Seiten
convex, Sammellinfe (die stärkften diefer Gläser werden als Staar=
brillen gebraucht, erfetzen die herausgenommene Linfe). G ist ein
planconvexes Glas, Gläser, die der ftarken sphärischen Aberration
wegen nicht oder felten benützt werden. Die sphärische Aberration
ift bedingt durch die verschiedene Brechung der Strahlen im Centrum
und der Peripherie. H ift ein concav=convexes Glas, ein convexer
Meniskus. C D ift ein biconcaves Glas, auf beiden Seiten concav,
eine Zerstreuungslinfe; M ein planconcaves, N ein convex=concaves
Glas, ein concaver Meniskus. Greifen wir nun mit ein paar Worten
auf die Begriffe der Kurz= und Weitsichtigkeit zurück, so erinnern Sie
fich wohl, daß wir beim kurzfichtigen Auge gefunden haben, daß das
Bild nicht auf, fondern vor die Netzhaut fällt, beim weitfichtigen
hinter diefelbe. Was haben nun unfere Gläser für eine Wirkung?
Die Zerftreuungslinfe bewirkt ein Auseinandergehen, Divergiren der
Lichtstrahlen (Fig. 5), das Bild kommt später, in weiterer Entfernung
zu Stande, je concaver die Linfe ift. Halten wir alfo eine Linfe,
die ein Bild, wir wollen einmal fagen, zwei Linien entfernter zur
Vereinigung bringt, vor ein kurzfichtiges Auge, in dem das Bild
zwei Linien vor die Netzhaut fällt, fo fällt es jetzt auf die Netzhaut
und die Kurzfichtigkeit ift gehoben. So ift es umgekehrt mit der
Sammellinfe und dem weitfichtigen Auge. Die verfchiedenen Arten
von Linfen eignen fich nicht gleich gut zur Verwendung für Brillen,
weil ihnen in verfchiedenem Grade der Fehler der sphärischen Aber=
ration zukommt, alfo einer früheren Vereinigung der Randftrahlen,
als der centralen. Dies ift bei planconvexen und planconcaven
Gläfern am meiften der Fall, weniger schon bei biconvexen und

biconcaven, am wenigſten bei den concav=convexen und convex=concaven, den Gläſern H und N. Dieſe Gläſer heißen daher auch periſcopiſche, von περισκοπεῖν, umherſchauen, weil man nicht gezwungen iſt, durch das Centrum zu ſehen, ſondern ungeſtört durch ſämmtliche Parthieen des Glaſes umherſchauen kann. Dieſe Gläſer werden daher auch viel verwendet, ſie haben nur den Nachtheil der größeren Schwere und größeren Koſtſpieligkeit und ſpiegeln ſtärker. Die gebräuchlichſten ſind daher heute noch die biconcaven und biconvexen Gläſer.

Die gewöhnlichen Brillen beſtehen aus ſogenanntem Kronglas. Die Brillen von Flintglas und Bergkryſtall ſind zwar härter und deshalb weniger dem Zerkratzen ausgeſetzt, haben aber den Nachtheil größerer Farbenzerſtreuung und ſind deshalb namentlich für ſtärkere Brillen nicht zu empfehlen.

Ohne weitere Auseinanderſetzung werden Sie jetzt auch ſich klar ſein, warum die Brille, je niederer die Nummer, deſto ſchärfer iſt. Die Nummern bezeichnen die Brechkraft oder Brennweite; je kürzer nun die Brennweite, deſto ſtärker die Brechkraft; eine Sammellinſe, die die durchtretenden parallelen Lichtſtrahlen in einer Entfernung von zwei Zoll vereinigt, iſt ſomit z. B. ſechsmal ſtärker, als eine, die in zwölf Zoll vereinigt, und paßt deshalb für ein abnorm fern= ſichtiges Auge ꝛc.

Länger darf ich Sie mit dieſen Details nicht ermüden, ſondern ich will jetzt noch einige allgemeine Regeln über das Brillentragen fixiren, die uns, da ſie für jedes Alter gelten, zum Schluß bringen.

Man hat unſer Jahrhundert das brillentragende genannt und daraus einen Vorwurf uns machen wollen. Darauf iſt einfach zu erwidern, daß im Ganzen viel weniger Leute Brillen tragen, als eigentlich nothwendig wäre und in specie, daß es für ganz junge Leute eine Schande ſei, Gläſer zu tragen, iſt ein großes Vorurtheil. Dieſes Vorurtheil iſt theils ſchon gefallen und muß vollends gänzlich beſeitigt werden. Ich habe im Laufe des heutigen Abends ſchon mehrfach auf die Nachtheile hingewieſen, die das Vornüberbeugen, das lange Betrachten kleiner und kleinſter Gegenſtände in nächſter Nähe mit ſich führt; es entſtehen vermehrte Kurzſichtigkeit, Schielen und eigentlich krankhafte Zuſtände des Auges, die durch das Tragen der Brille vermieden werden. Die Brille, wenn ſie entſprechend iſt, bildet mit dem Auge zuſammen einen einzigen optiſchen Apparat, in *welchem die lichtbrechenden Medien* nach wie vor thätig ſind. Aber entsprechend muß die Brille b. h. sie darf nicht zu stark sein, denn ist sie zu stark, so muß das Auge seine brechende Kraft zu sehr anstrengen, um das zu Viel der Brille zu überwinden, sie darf aber auch nicht zu schwach sein, denn sonst wird immer noch eine zu große Annäherung (oder Entfernung) des Gegenstandes erfordert, wodurch wiederum eine ungesunde Anstrengung des Anpassungsvermögens bedingt wird. Es kann also nur eine passende Brille die Fehler der Sehweite aufheben. Diese richtige Stärke des Glases kann nun allerdings da und dort durch Probiren verschiedener Gläser ausgefunden werden, aber häufiger gehören zur richtigen Bestimmung noch Untersuchungen des Auges vom augenärztlichen Standpunkte und es sollten deshalb die Brillen meist vom Arzte genau ausgesucht und gegeben werden.

Fragen Sie mich noch über die beste Form der Augengläser, so ist es natürlich die Brillenform. Die Brille soll, abgesehen von der Reinheit und dem gleichen Schliffe des Glases in bestimmter Lage vor dem Auge verharren, und zwar so, daß die optische Are der Brille der des Auges entspricht, dieß hängt nun vorzugsweise von dem Brillengestell ab, das also der Breite des Gesichts und dem Abstande der Pupillen von einander angepaßt sein muß. Es sind nur die Brillen, die dieß leisten, alle andern Gestelle, Pince-nez, Lorgnetten, Lesegläser sind höchstens für den vorübergehenden Gebrauch gerechtfertigt; einäugige Augengläser sollten ganz verbannt werden, werden sie mit der Hand vors Auge gehalten, oder mit den Schließmuskeln des Auges und den umgebenden Muskeln fixirt, immer resultirt daraus, eine absolute Unthätigkeit des zweiten Auges, was um so nachtheiliger ist, wenn wie gewöhnlich, immer ein Auge zum Sehen dadurch verwendet wird. Selbst wenn, wie es da und dort vorkömmt, nur ein Planglas, Fensterglas in dem Gestelle sich findet, und das Tragen solcher Gläser nur als Dekoration des Gesichts, deren letzten Effekt aber die Aesthetiker noch immer bezweifeln, angesehen wird, ist immer noch eine einseitige Akkomodations-Anstrengung des damit gezierten Auges verbunden, und wenn auch das Auge oft lange eine schlechte Behandlung erträgt, so sind doch auch Fälle genug bekannt, wo wirklicher Schaden daraus entstanden ist.

Nachdem ich Ihnen so verschiedene Gefahren, die das menschliche Auge durch eigene Verschuldung läuft, vorgeführt nnd die Mittel und Wege, wie sie umgangen werden können, so weit es der Zweck

und Raum dieser Vorträge erlaubt, angedeutet habe, möchte i
noch bezüglich der im spätern Alter eintretenden Fernsichtigkeit,
Grund ich Ihnen schon mehrfach auseinandergesetzt habe, wiede
was ich schon bei der Kurzsichtigkeit anführte, nehmlich daß
schlimmer ist, das Buch fern zu halten, das Auge zu überm
Anstrengung zu zwingen, als eine Convexbrille zu gebrauchen.
die Brille, was sie soll, nur zur Erhaltung der Sehkraft, f
sich Nichts gegen sie einwenden; es wäre nur zu wünschen, wir
Brillen, um in allen Situationen des Lebens klar zu sehen.